Hubert Anders

Geschichten von der Frau K

die nicht Keuner heißt

eine Hommage an Bertolt Brecht

Eine Hommage an Bertolt Brecht

Die Geschichten von Frau K sind voller leiser Ironie, subtiler Gesellschaftskritik und feiner Alltagsbeobachtungen. Inspiriert von Bertolt Brechts berühmten „Keuner"-Geschichten, wagt sich der Autor mit einem Augenzwinkern an die Frage, wie diese zeitlosen Miniaturen heute klingen könnten – wenn eine Frau sie erzählt.

Frau K begegnet der Welt mit wachem Verstand und einem unerschütterlichen Sinn für die Komik des Lebens. Ob es um scheinbar banale Momente im Alltag, unerwartete Herausforderungen oder die philosophischen Fragen des Daseins geht, Frau K bleibt immer sie selbst: schlagfertig, eigenwillig und zutiefst menschlich.

Begleitet wird die Sammlung von einem charmanten „Kaffeekränzchen", in dem die Hauptfigur selbst, ihre Tochter Ina und der Autor über die Bedeutung und die Hintergründe der Geschichten sprechen. Mal witzig, mal nachdenklich und immer mit einem Augenzwinkern – ein literarisches Spiel, das dazu einlädt, hinter die Kulissen des Textes zu blicken.

Ein Buch für alle, die die Weisheit des Alltags lieben, über den eigenen Tellerrand schauen wollen und Geschichten suchen, die mehr Fragen aufwerfen, als sie Antworten geben.

Geschichten von der Frau K. die nicht Keuner heißt

Eine Hommage an Bertolt Brecht

Hubert Anders

Lektorat: Creative Writing Coach (ChatGPT)
Bilder: basierend auf Entwürfen von DALL-E (ChatGPT) und pixabay.com
Zitate nach: Bertolt Brecht, Prosa I, Hrsg. Wolfgang Jeske, Bertelsmann 1991

Bibliographische Information der deutschen Nationalbibliothek:
Die deutsche Nationalbibliothek verzeichnet diese Publikation in der Deutschen Nationalbibliografie; detaillierte bibliografische Daten sind im Internet über http://dnb.dnbde abrufbar.

© 2024 Hubert Anders
Verlag:
BoD · Books on Demand GmbH, In de Tarpen 42, 22848 Norderstedt
Druck:
Libri Plureos GmbH, Friedensallee 273, 22763 Hamburg
ISBN: 978-3-7693-0577-7

Inhaltsverzeichnis

Das Schicksal des Menschen ist der Mensch.

Bertolt Brecht

Danksagung

Mein Dank gilt Erika, Gerhard und Lisa, den Rezensenten der ersten Stunde, die durch ihre Anregungen das Buch zu dem gemacht haben, was es geworden ist.

Prolog – das Kaffeekränzchen

„Schön ist es geworden", begann Ina unser Gespräch, das Manuskript und den Entwurf der Illustration noch in Händen. Karin (Frau K, das K steht für ihren Vornamen) war noch damit beschäftigt, ihre Kaffeetassen zwei und drei zu finden, die offenbar schon länger aus ihrem Kasten abgängig waren.

Hubert, der Autor, der Karin geholfen hatte, ihre Geschichten in Form zu bringen, bemühte sich, seine Neugier nicht allzu offensichtlich zu zeigen. Er hatte eine Schachtel frischer Kringel aus einer nahe gelegenen Konditorei mitgebracht und griff schon mal selber zu.

„Aber ich kenne nicht viele Leute, die die Geschichten so ohne Weiteres verstehen würden", setzte sie fort. „Ich habe sie meine Freundin Yvonne lesen lassen, sie haben den Yvonne-Test nicht bestanden."

Karin wurde aufmerksam. „Freundinnen hast du, Kind", lächelte sie. „Aber gut, wenn Hubert schon da ist, könnten wir drei ein wenig darüber sprechen, was er aus meinen Geschichten gemacht hat. Was er sich dazu denkt, weiß er ja selber, aber was ich darüber denke, und vor allem du, Ina …"

„Ganz recht", meinte Hubert. „Sie sind ja so geschrieben, dass verschiedene Gedanken zu ihnen passen, die Geschichten sind ja keine Offenbarung."

„Meine Worte keine Offenbarung?", spottete Karin, doch dann hatte sie endlich ein paar nicht zusammenpassende Tassen gefunden und schenkte Kaffee ein. „Na dann fang mal an, Ina", ermunterte sie ihre Tochter. „Du platzt ja schon vor Erkenntnissen."

„Ja, Frau Mutter", gab Ina zurück, Karin verdrehte die Augen.

Hinweis zur Benutzung dieses Buches:

Die Geschichten findest du auf den rechten Seiten. Auf der linken Seite dahinter gibt es die Kommentare des Kaffeekränzchens mit dem Autor. Diese Textabschnitte sind auch mit einer kleinen Kaffeetasse gekennzeichnet, so sieht sie aus:

Falls du die Kommentare erst später lesen möchtest, kannst du einfach nur die rechten Seiten durchblättern. Die linken Seiten lenken nicht ab, da sie immer zur vorherigen Geschichte gehören.

Und dann gibt es noch ein Symbol: Ein kleines Buch

Da kannst du nachlesen, welche Keuner-Geschichten Frau K im Sinn hatte. Manchmal fehlt diese Sektion: Da hat sich Frau K dann nicht dazu geäußert. Oder sie nimmt ihr Recht in Anspruch, selber zu denken.

1. Primat der Form

Frau K. trug ein Buch, das ihr gefiel, zur Kasse der Buchhändlerin ihres Vertrauens. „Das Buch haben wir nicht", antwortete diese, nachdem sie dreimal vergeblich den ISBN-Code gescannt hatte.

„Dann muss ich es auch nicht bezahlen?"

Die Buchhändlerin sah sie skeptisch an: „Ich kann Dir keine Rechnung dafür geben."

„Ich möchte das Buch und keine Rechnung", antwortete Frau K., legte einen Geldschein auf die Theke und ließ die Buchhändlerin ratlos zurück.

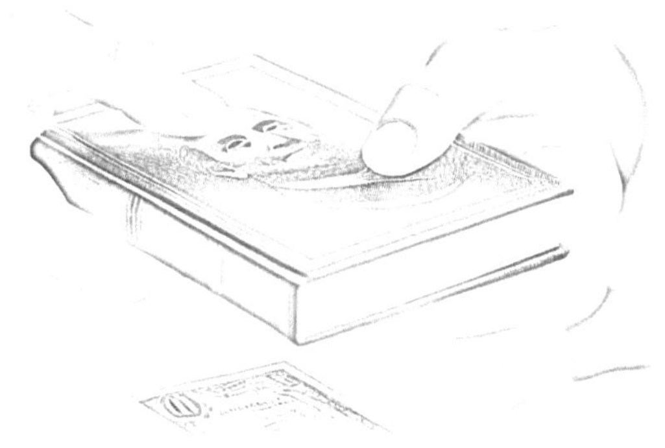

„Also gut, das im Buchladen", begann Ina. „Das war aber wohl vor meiner Zeit. Hast du dir da gerade die Geschichten vom Herrn Keuner gekauft?"

Karin nickte. „Die Situation war absurd: Linda, du kennst sie, drehte das Buch in Händen und erklärte mir, sie habe es gar nicht, weil sie es nicht mit ihrer Kassa einscannen konnte. Das konnte ich ihr nicht so einfach durchgehen lassen."

Ina kicherte. „Hat sie es irgendwann kapiert?"

„Klar, gleich beim nächsten Mal. Sie lud mich auf einen Kaffee ein und ertrug eine halbe Stunde meinen Spott."

„Eine halbe Stunde, unglaublich", meinte Ina. „Die muss wirklich eine gute Freundin sein."

„Hast du bei der Geschichte an ‚Form und Stoff' gedacht?", fragte Hubert.

Karin antwortete irritiert. „Wie hätte ich das sollen? Ich kannte die Geschichten vom Herrn Keuner da ja noch gar nicht."

„Ich werde dich gleich des Sophismus zeihen, Karin, du hast diese Geschichte doch nicht noch am selben Abend geschrieben."

Ina grinste: „Und außerdem: Sind sie dir in der Schule erspart geblieben, Mama?", fragte sie nach.

Karin sah Ina ein wenig wehmütig an. „Zu der Zeit lernte ich schon Uhrwerke zu zerlegen, an der Berufsschule ging es nicht um Literatur."

Ina warf ihr einen warmen Blick zu, bevor sie weiterblätterte.

Form und Stoff

2. Eine andere Flut

Frau K verbrachte ihren Urlaub in einer tief gelegenen Region des Landes, als diese von einem Hochwasser heimgesucht wurde. Sie stand sinnierend auf einer Brü-cke, unter der das Hab und Gut der schlimm Getroffenen im Wasser trieb.

„Es ist nicht immer gut, ein Kahn zu sein", dachte sie, während sie sich abwandte und dem Bahnhof zustrebte, wo ein Zug sie zurück in ihre höher gelegene Heimat bringen würde.

„Ich habe später herausgefunden, dass ‚die Flut‘ zu den meistinterpretierten Geschichten von Herrn Keuner gehört“, meinte Karin.

„Die, wo Herr Keuner von der Flut überrascht wird und dann ‚selbst zum Kahn‘ wird?“, fragte Ina. „In der Deutschstunde habe ich kein Hehl daraus gemacht, dass mir nicht klar ist, wie man es mit solchem Leichtsinn in die Literaturgeschichte schaffen kann.“

„Und ich durfte deiner Lehrerin dann erklären, warum du ihren Unterricht so mühelos ins Lächerliche gezogen hast.“

„Wie hast du ihr das denn erklärt?“, fragte Ina plötzlich neugierig.

„Ich habe sie gefragt, was daran lächerlich sei, das Naheliegende auszusprechen“, schmunzelte Karin.

„Ah, darum hast du mein ‚Genügend‘ in Deutsch damals nicht kommentiert“, schmunzelte Ina zurück.

Der Autor Hubert musste sich einen Kringel aus der Schachtel in den Mund schieben, die er mitgebracht hatte, um zu all dem zu schweigen. Zum Glück blätterte Ina schon weiter.

Herr Keuner und die Flut

3. Klare Verhältnisse

Frau K, die der Herr T erkannte, sah sich eines Morgens mit einem Heiratsantrag des T konfrontiert.

„Nein", antwortete sie.

„Aber es wäre doch zur Absicherung", antwortete T.

„Du wirst mich nicht mehr erkennen, da ich ablehnte", sagte Frau K, nahm ihren Koffer und fuhr nach ihrer Arbeitsstelle. Herr T schwieg betreten.

„Erkennen", schmunzelte Ina. „Wie im alten Testament. Warum nennt man Dinge eigentlich nicht beim Namen? ,Willst du mich heute Nacht erkennen, Bernhard?'"

„Das ist ein sehr persönliches Kapitel", sagte Karin, ein leiser Schmerz zeigte sich momentan auf ihrem Gesicht.

„Entschuldige, Mama, ich wollte dich nicht verspotten", antwortete Ina kleinlaut. „Aber was gab es gegen die Absicherung einzuwenden?"

Karin runzelte die Stirn. „Wer wollte sich da genau absichern und wogegen?", fragte sie zurück.

Ina dachte eine Weile nach und schaute dann ein wenig ratlos. „Aber war das nicht gerade um die Zeit, wo du mit mir …"

„Was? Sprich es aus, wenn du schon damit anfängst."

Ina ließ Karin durchgehen, wie sie ihre Unsicherheit überspielte. „Schwanger warst?", sagte sie ohne das geringste Zögern.

„Ja, aber ich wusste es an dem Tag nicht, und es war auch nicht geplant", antwortete Karin, die Lügen hasste. „Manchmal halten die Schachteln mit den kleinen Pillen nicht ganz, was sie versprechen."

Ina nickte und ließ das Thema fallen. „Hast du damals eigentlich bei Tobias gewohnt?", fragte sie nach. Karin schüttelte den Kopf.

„Ich habe nie bei jemandem gewohnt. Ich habe an dem Morgen nur zusätzlich meine zweite Zahnbürste eingepackt, bevor ich arbeiten gefahren bin."

4.   Raum genug

Frau K räumte gerade das Zimmer ihrer Tochter I aus, die zu ihrem Freund B zog.

„Wirst du dir hier einen Haushaltsraum einrichten?", fragte B, der K dabei helfen wollte.

Frau K sah B lange an, dann führte sie ihn in ihr unaufgeräumtes Wohnzimmer, „Findest du, dass mein Haushalt noch einen Raum braucht?"

„Du hast mir ja dann verboten, wieder bei dir einzuziehen, als die Sache mit dem Bernhard zu Ende war", maulte Ina.

„Nein, mein Kind", antwortete Karin. „Ich habe dich nur gebeten, nicht mehr dein Kinderzimmer zu beziehen. Ich bezweifle allerdings, ob du damals verstanden hast, was ich meinte."

Ina sah sie eine Weile an. „Sei froh, dass ich es erst später verstanden habe, sonst hättest du jetzt eine Mitbewohnerin und keinen Platz für Paul."

Karin lächelte leicht. „Obwohl auch ein Gast manchmal wie ein Kind sein kann."

5.   Veränderung

„Diese?“, fragte Frau K ihre Tochter I, die selbst gerade eine kühne Farbkombination einwirken ließ.

„Herr Keuner würde erbleichen“, antwortete I beiläufig

„Keine“, entschied Frau K daraufhin.

„Zeit für Veränderung“, nickte D, ihre langjährige Friseurin, räumte die Farbkarte wieder weg und rollte das Waschbecken heran.

„Ein Mann, der Herrn Keuner lange nicht gesehen hatte, begrüßte ihn mit den Worten: ‚Sie haben sich überhaupt nicht verändert‘. ‚Oh!‘, sagte Herr Keuner und erbleichte.“

Ina legte Bertelsmanns Brecht-Ausgabe, Band Prosa I, beiseite. „Was hatte ich damals? Pink und grün? Oder was mit blau?“, fragte sie.

„Frag mich das nicht, Kind. Es fiel mir kaum je so schwer, nichts zu sagen, als in dieser Zeit.“ – Ina biss auf ihrer Lippe herum.

„Aber deine Bemerkung damals hat mir die Augen für etwas anderes geöffnet“, fuhr Karin dann fort. „Dass man Veränderung nicht einfach zudecken kann. Herbeiführen oder zulassen, das ja, aber man kann sich nicht zum Museumsstück seiner selbst machen.“

„Und außerdem war es billiger so“, meinte Ina. „Du hast schon genug für meine Experimente ausgeben müssen.“ Ina lächelte spitzbübisch, Karin ein wenig säuerlich.

 Das Wiedersehen

6. Ermutigung

Frau K stand am Bahnsteig eines U-Bahnhofes, als eine Dame sie ansprach: „Ist es nicht ermutigend, dass eine Frau diesen Zug steuert?", fragte sie.

„Ermutigend für wen?", fragte Frau K.

„Na für die Frauen", antwortete die Dame, ein Leuchten in den Augen.

„Ich weiß nicht", antwortete Frau K. „Würde es Sie auch ermutigen, diesen Zug selbst zu steuern?"

Sie blickte der Dame noch lange nach, die kopfschüttelnd auf der Rolltreppe verschwand.

„Mama!", rief Ina. „Warum konntest du ihr die Freude nicht einfach lassen?"

Karin antwortete nicht sofort, weil sie Hubert nicht alle Kringel überlassen wollte, die er mitgebracht hatte. „Freude woran genau?", fragte sie schließlich, als sie den Mund wieder frei hatte. „Dass die Haifische die Arbeit der kleinen Fischlein so neu ordnen, dass sie noch leichter ersetzbar sind?"

Ina blätterte eine Weile in den Brecht-Texten herum, bis sie die Stelle gefunden hatte. „Können Texte aus der feministischen Steinzeit als Einwand gegen den feministischen Fortschritt durchgehen?", fragte sie schließlich nach.

„Ich habe Uhrmacherin zu einer Zeit gelernt, als es das Wort ‚Quote' noch nicht einmal gab. Worin aber besteht der Fortschritt, wenn man Frauen Berufsquoten vorschreibt?", antwortete Karin.

„Anbietet?", fragte Ina verunsichert.

„Diese Dame war von dem Angebot jedenfalls nicht begeistert. Vielleicht ein Zufall", meinte Karin. „Aber wenn sie gewusst hätte, dass ich nur Uhren reparieren kann, hätte sie vermutlich gar nicht mit mir geredet."

„Nur", murmelte Ina nachdenklich. „Die Uhr, die ich von Oma bekommen habe, ist übrigens auch kaputt."

„Möchtest du, dass wir uns das einmal gemeinsam ansehen?", fragte Karin zurück. Ina nickte, und der nächste Kringel verschwand in ihrem Mund.

Wenn die Haifische Menschen wären

7.   Der Glaube der Anderen

Einmal holte Frau K ihre kleine Tochter I vom Kommunionsunterricht ab. Sie fragte sich, ob ihre eigene Gleichgültigkeit im Umgang mit dem Glauben wirklich ausreichte, die Frage nach der Existenz Gottes fallenzulassen.

In dem Augenblick, in dem sie I in Empfang nahm, fühlte sie, dass der Zusammenhang auch genau umgekehrt sein konnte.

„Immerhin hat er dann auch die Torten geschaffen", resignierte sie, als die beiden gemeinsam die nahe liegende Konditorei ansteuerten.

„Einer fragte Herrn K., ob es einen Gott gäbe", las Ina aus ihrem Buch vor. „Herr K. sagte: ‚Ich rate dir, nachzudenken, ob dein Verhalten je nach der Antwort auf diese Frage sich ändern würde. Würde es sich nicht ändern, dann können wir die Frage fallen lassen. Würde es sich ändern, dann kann ich dir wenigstens noch so weit behilflich sein, dass ich dir sage, du hast dich schon entschieden: Du brauchst einen Gott.'"

„Siehst du das Problem, Ina?" „Klar", sagte sie, „dein Verhalten hat sich geändert, obwohl du nicht glaubst. Was ist daran schwierig? Aber warum hast du mich überhaupt zum Kommunionsunterricht geschickt?"

Karin sah ihre Tochter liebevoll an „Weil du mich damals darum gebeten hast, Kind. Ich wollte dir meinen Atheismus nicht aufzwingen, und dein Gott war real."

„Wie das Christkind", konstatierte Ina. „Gibt es die Konditorei noch?"

„Die Kringel sind von dort", warf der Autor Hubert ein.

„Dann iss nicht alle selber auf, wenn wir gerade in der Erinnerung schwelgen", sagte Ina tadelnd und griff nach dem letzten.

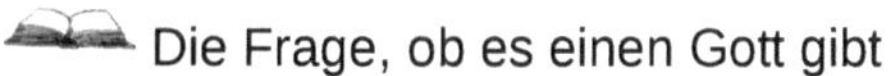 Die Frage, ob es einen Gott gibt

8.   Was die Liebe gestattet

„Kannst du I wohl dazu bringen, ihre Sachen hier selber abzuholen?", fragte Frau K den B.

„Natürlich", antwortete B. „Meine Liebe zu ihr gestattet das."

„Ach, der Bernhard", lächelte Ina, und ein wenig Wehmut spielte um ihren Mund. „Aber eigentlich war er schon ein netter Kerl", meinte sie. „Hättest du es damals tatsächlich nicht geschafft, mir die Leviten zu lesen und mir zu sagen, ich solle meinen Kram gefälligst selber abholen?"

Karin lächelte milde. „Es gibt unterschiedliche Begrifflichkeiten von ‚schaffen', Kind. Aber er hat richtig erkannt, dass ich es nicht getan hätte, aus Liebe zu dir."

Ina wurde aufmerksam. „Und was genau unterschied seine Liebe von deiner Liebe, Mama?", fragte Ina weiter.

Karins Ausdruck wurde weich. „Die Unzerstörbarkeit. Er durfte an seine Liebe zu dir Erwartungen knüpfen, so wie du an die seine, und ihr beide hattet die Möglichkeit, Konsequenzen zu ziehen. Was ihr dann ja auch getan habt. Ich habe das dir gegenüber alles nicht."

Ina schwieg lange, bevor sie weiterblätterte.

9. Praktische Erwägung

Frau K fragte sich, ob es wirklich die beste Methode sein konnte, sich von einem geliebten Menschen einen Entwurf zu machen und dann auf dessen – des Menschen – Anpassung zu hoffen. Herr T, von dem sie sich eben getrennt hatte, hatte sich da als sehr widerstandsfähig erwiesen.

„Machen Sie gerade einen Entwurf von mir?", fragte sie daher ohne viel nachzudenken einen jungen Mann, der ihr mit offenem Blick ein Lächeln schenkte. „Nein, das ist nicht nötig", antwortete der und bot ihr eine Zigarette an. „R", stellte er sich vor.

„Ich bin K. Begleiten Sie mich, Herr R, es ist nicht weit", antwortete Frau K, während sie sich von ihm Feuer geben ließ.

„Anbrennen hast du wohl noch nie was lassen, Mama", sagte Ina mit dem belustigten Blick, mit dem Karin immer noch umgehen lernen musste.

„Nein, wozu auch. Wenn einer bei der Methode nicht davonläuft …" Karin lächelte in sich hinein. „Aber du lenkst ab, Kind", antwortete sie schließlich. „Wir wollen doch herausfinden, warum Herr Keuner darauf hofft, der geliebte Mensch werde sich dem Abbild anpassen."

Ina dachte nach. „Vielleicht sieht er die Liebe als etwas Schicksalhaftes, das sich unserer Kontrolle entzieht. Wenn man das akzeptiert, bleibt einem nichts anderes, als zu hoffen, dass der andere sich anpasst."

„Oder dass es nicht immer Liebe sein muss", erwiderte Karin. „Nicht jede hübsche Skizze ist dafür gemacht, ein Entwurf zu sein."

Wenn Herr K. einen Menschen liebte

10. Freundschaftsdienste

Frau K dachte darüber nach, ob eine arithmetische Täuschung dazu tauge, den Wert von Freundschaftsdiensten zu zeigen. Wenn es von 17 Kamelen nur 17 Achtzehntel zu verteilen gab, überlegte sie weiter, überwog für sie in der gezeigten Lösung mit dem 18. Kamel das vermiedene Leid der Tiere.

Sie ließ den Gedanken jedoch fallen, als sie für eine Weile einem Straßenmusikanten lauschte. Sie warf ihm einen nicht unbeträchtlichen Schein in seinen Geigenkasten, bevor sie weiterging. Das schien ihr unkomplizierter als die Sache mit den Kamelen.

„Das verstehe ich nicht", konstatierte Ina. Sie blätterte wieder in der Bertelsmann-Ausgabe der Brecht'schen Werke herum. „Und Herr Keuner hilft mir auch nicht weiter. Wenn der Vater 17 Kamele hinterlassen hat und je ein Sohn die Hälfte, ein Drittel und ein Neuntel bekommen sollte, warum wird das Problem dann einfacher zu lösen, wenn man ein 18. Kamel dazustellt?"

Karin überließ Hubert die Antwort: „Addiere einfach 1/2, 1/3 und 1/9. Was gibt das?"

„Sag du es mir, ich muss hier schon genug über wichtige Fragen nachdenken", antwortete Ina.

„Der kleinste gemeinsame Nenner ist 18", antwortete Hubert geduldig. „Das gibt dann 9/18 + 6/18 + 2/18 = 17/18."

Ein Leuchten ging über Inas Gesicht. „Hätte man 17/18 in Siebzehntel ausgedrückt, wäre das für die Kamele ziemlich böse ausgegangen."

Ina dachte weiter nach. „Aber genau genommen haben sie das Testament des Vaters trotzdem nicht erfüllt, der älteste hat jetzt die Hälfte von 18 Kamelen, nicht von 17."

„Eben", meinte Karin. „Da war es mir lieber, der hübsche Geiger hatte meinen Zwanziger für sich alleine."

„Hübscher Geiger, soso", murmelte Ina, bevor sie umblätterte.

Freundschaftsdienste

11. Sokrates

Frau K war sich nicht sicher, ob Herr Keuner aus dem Buch, das sie gekauft hatte, Sokrates nicht unrecht tat, ihn als Sophisten zu verspotten.

Sie hielt sich dann aber vor Augen, dass wir alles, was wir über Sokrates wissen, aus dritter Hand haben, von Herren, die Sokrates als Vorwand nutzten, ihre eigenen Weisheiten zu verbreiten. Sie hielt daher Herrn Keuners Sichtweise für vertretbar, wenn auch nicht bewiesen.

„Offenbar geht es um das hier", begann Ina aus ihrer Brecht-Ausgabe vorzulesen:

„Als die Sophisten vieles zu wissen behaupteten, ohne etwas studiert zu haben, trat der Sophist Sokrates hervor mit der arroganten Behauptung, er wisse, dass er nichts wisse. Man hätte erwartet, dass er seinem Satz anfügen würde: ‚denn auch ich habe nichts studiert.'"

Ina verdrehte die Augen. „Was ist eigentlich ein Sophist?", fragte sie.

„Ein Sophist ist jemand, der fehlende Begrifflichkeit in Worthülsen packt. Das, was deine Mama hier macht", antwortete Hubert.

Karin warf ihm einen warnenden Blick zu. „Du nutzt jetzt aber nicht gerade mich als Vorwand, deine Weisheiten zu verbreiten, Hubert? Ich sagte ‚vertretbar, nicht bewiesen'"

„Genau das habe ich als Sophismus hinterfragt", antwortete Hubert.

„Es ist wie beim Schwarzen Peter", konstatierte Ina. „Irgendwer ist am Schluss der Sophist, die anderen sind fein raus."

„Vertretbar, aber nicht bewiesen", schmunzelte Hubert und handelte sich damit einen warnenden Blick von Ina ein.

 Sokrates

12. Entpuppung

„Ist dieser T eigentlich mein Vater?", fragte ihr Kind I, in Frau Ks Aufzeichnungen vertieft. Frau K brauchte eine Weile, die Folgen der Unbedachtheit zu veratmen, ihr Tagebuch offen liegenlassen zu haben.

„Ich weiß es nicht", antwortete Frau K, die Lügen nicht ausstehen konnte.

„Mama!", antwortete I, ein Hauch von Belustigung in ihrem offenen Blick. „Aber ich bin mir jetzt sicher, dass er es nicht ist."

Frau K blickte der jungen Frau I nach, die sich zum Turnunterricht fertig machte, bevor sie ihr Tagebuch wieder in ihr Zimmer trug.

„Ich hatte damals eigentlich gedacht, du hast es mir hingelegt, damit ich es lese. Ich habe mich noch gewundert, du warst sonst viel sorgsamer, mich auf solche Enthüllungen vorzubereiten“, meinte Ina nachdenklich.

„Hätte ich wohl sein sollen“, meinte Karin. „Aber damit, dass ich nicht perfekt bin, musstest du schon früh klarkommen.“

„Wer genau hätte sich dich perfekt gewünscht?“, fragte Ina nach. „Ich wäre jedenfalls kaum auf der Welt, wärst du nicht eben – genau du“, schmunzelte sie weiter.

„Das ist wohl wahr“; antwortete Karin. „Ich habe der Frage damals überhaupt keine Aufmerksamkeit geschenkt, aber im Leben funktioniert nicht immer alles so, wie es auf einer bunten Schachtel steht“, fuhr sie fort.

„Das sagtest du schon. Hast du jemals erwogen, Tobias einfach zu meinem Vater zu machen?“, fragte Ina nach, ihr Gesicht war plötzlich sehr ernst.

Karin blickte eine Weile unsicher um sich, bevor sich ihr Rücken wieder straffte. „Hätte ich einen Gott, wäre ich ihm dankbar, dass sich diese Frage nie ernsthaft gestellt hat.“

13. Treue

Frau Ks langjähriger Partner in späteren Jahren war P, Pilot bei einer internationalen Fluglinie.

„Würdest du mir fremdgehen, wenn es lohnend ist?", frage K den P einmal.

„Natürlich, wenn es lohnend ist. Ich denke, du würdest das genauso halten."

Frau K mochte, dass sie P zu hundert Prozent vertrauen konnte.

„Das soll dir gleich der Paul erklären, wenn er schon da ist", sagte Karin ausweichend. Paul war eben in den Raum gekommen, noch in Uniform, eine Kaffeetasse in der Hand. Er blickte ein wenig unbehaglich um sich.

„Vielleicht solltet ihr lieber warten, bis ich nach einer Erklärung frage", meinte Ina darauf. „Aber wenn ihr schon so mitteilungsbedürftig seid: Sprecht ihr auch im Detail darüber?", fragte Ina weiter.

Karin sah Paul Hilfe suchend an. „Ich kann nur für mich sprechen", antwortete er. „Ich bin immer für Karin da, wenn sie über etwas sprechen will. Aber ich vertraue darauf, dass sie das nur in Anspruch nimmt, wenn die Sache uns beide betrifft."

„Und wann betrifft es nicht euch beide?", fragte Ina nach.

„Wenn wir uns an die Vereinbarung halten", sagten beide unisono.

Ina verstand und blätterte um.

 Wer kennt wen?

14. Wenn man nicht Beamter ist

Frau K dachte beim Aufräumen über das Gleichnis vom unentbehrlichen Beamten nach. Wie konnte einer, der sich entbehrlich machte, dadurch Ansehen gewinnen?

Frau K fand schließlich die Antwort, fand aber keinen Gefallen daran, weil sie ihr auf ihre eigene Situation nicht anwendbar schien.

„‚Wie kann er da ein guter Beamter sein, wenn das Amt nicht ohne ihn liefe?‘, sagte Herr K., ‚er hat Zeit genug gehabt, sein Amt so weit zu ordnen, dass er entbehrlich ist. Womit beschäftigt er sich eigentlich? Ich will es euch sagen: mit Erpressung!‘“, las Ina aus ihrer Brecht-Ausgabe vor. „Ich nehme an, darüber sprichst du hier?“

„Ich frage mich, warum es Erpressung sein sollte, dass ich Uhren selber repariere, statt mir eine Gesellin zu nehmen, die ich mir nicht leisten kann“, antwortete Karin.

„Liest du das so?“, fragte Ina erstaunt nach. „Dann wäre es ja auch Erpressung, wenn Paul sein Flugzeug selber fliegt, statt – hmm – genau was eigentlich zu tun?“

„Kringel aufessen jedenfalls nicht“, warf Paul ein. „Das habt ihr schon ohne mich geschafft.“ Er öffnete seine Tasche und stellte eine Schachtel Kaju Barfi auf den Tisch, die er aus Indien mitgebracht hatte. „Falls ihr auch noch etwas Anderes als geistige Nahrung braucht“, schmunzelte er.

„Vermischt ihr da nicht zwei Aspekte?“, fragte Hubert nach. „Gibt es nicht Aufgaben, die man selber wahrnehmen muss, und andere, die sich auf Führung und Organisation beziehen?“

Karin wurde nachdenklich: „Ja, auf den Unterschied bin ich auch gekommen. Nur, dass er mir beim Aufräumen nicht sonderlich gefallen hat.“

Ina schaute sich in Karins Wohnzimmer um, ihr Blick wurde wieder auf diese spezielle Weise belustigt. „Eine natürliche Neigung zur Erpressung kann man dir aber immerhin auch nicht unterstellen, Mama“, konstatierte sie.

Offenbar war für Ina das Thema damit abgehandelt, sie griff nach einem Kaju Barfi und blätterte eine Seite weiter.

 Der unentbehrliche Beamte

15. Besuch

Frau K besuchte ihre Tochter I, deren Wohnung noch unordentlicher war als ihre eigene.

„Ich überlege, B hinauszuwerfen", sagte I entschuldigend.

Frau K hob eine Augenbraue. „Warum hast du ihn denn zu dir genommen?"

„Er ist klug, charmant, kann kochen und …" – „Und?" – I errötete. „Er lehrt mich zu nehmen, indem ich gebe."

„Und was davon bleibt, wenn du ihn hinauswirfst?"

Frau K wartete. I seufzte. „Hilfst du mir hier, Mama?"

„Hast du ihn dann wirklich deswegen hinausgeworfen?", fragte Paul.

Ina schaute wieder belustigt: „Nein, es reicht durchaus, wenn man mir eine Sache einmal erklärt. Außerdem ist er gegangen, ich habe ihn nicht hinausgeworfen."

„Und warum ist er gegangen?", fragte Karin, die die Geschichte so noch nicht kannte. „War ihm die Unordnung dann zu viel?"

„Eher die Freiheit", antwortete Ina.

„Seine Freiheit?", fragte Paul nach.

„Nein, meine", antwortete Ina und griff ohne sonderliche Gemütsregung nach einem Kaju Barfi.

Karin schüttelte den Kopf „Und dir war das gleichgültig, dass er dich verlassen hat?"

„Meine Wohnung, nicht mich", antwortete Ina. „Ich habe ihn mit Yvonne zusammengebracht, die beiden bauen ein Haus und erwarten ihr erstes Kind."

Paul runzelte die Stirn. „Das klingt aber schon nach verlassen, oder?"

„Warum denn? Yvonne ist froh, mir hundertprozentig vertrauen zu können." Ina lächelte spitzbübisch, während sie ihren Blick von Karin zu Paul schweifen ließ.

„Wie die Mutter", schmunzelte Hubert in sich hinein, doch Ina war in Gedanken schon bei der nächsten Geschichte.

16. Schauspieler

Frau K mochte das Theater. Sie mochte es, anhand von Stück und Inszenierung die Bedeutung des Gezeigten für sich und andere zu reflektieren.

Weniger mochte sie es, wenn am Ende des Stückes Schauspieler am Ausgang standen, für einen guten Zweck Geld zu sammeln. Sie fühlte sich dadurch um ihre eigenen Erkenntnisse betrogen, auch wenn sie bisweilen einen kleinen Betrag gab.

„Brecht würde sich im Grab umdrehen", konstatierte Ina.

„Vermutlich, aber warum genau?", fragte Hubert nach. Auch die Blicke von Karin und Paul waren fragend auf sie gerichtet.

„Erstens, weil das epische Theater auf das Selberdenken ausgerichtet ist", dozierte Ina.

„Zweitens, weil er selbst schon in der Dreigroschenoper das Betteln als das enttarnt hat, was es ist. Ein Geschäftsmodell", fuhr sie fort. „Hier werden gefällige Inszenierungen als Mittel missbraucht, die Herzen und Brieftaschen zu öffnen statt die Köpfe fürs Denken." Ina schien sich gerade warmzureden.

„Und was sollten sie deiner Meinung nach denken?", fragte Paul schließlich nach.

„Warum sie das Theater nicht dazu bringt, die Verhältnisse so weit zu ändern, dass niemand mit Spendenkörben für gute Sachen betteln muss?" Inas Augen funkelten jetzt gefährlich.

„Wann genau wurde in der Stadt zum letzten Mal Brecht gespielt?", wandte Hubert schließlich ein.

„Eben", sagte Ina. „Und da haben sie Mutter Courage so gespielt, dass die Köpfe leer blieben und Spendenkörbe voll wurden." Sie schüttelte den Kopf und blätterte um.

Wenn die Haifische Menschen wären

17. Zeitlos

Frau K warf einem Mann, der auf einer Parkbank saß und ständig auf die Uhr sah, ein interessiertes Lächeln zu. „Sind Sie in Eile?", fragte sie, als sie näher kam. „Darf ich?"

„Nein, warum?", fragte der, leicht überrascht, „und ja, gern." Er deutete auf den Platz neben sich. „Sie scheinen keine Zeit zu verlieren", fügte er hinzu, seine Aufmerksamkeit auf Frau K gerichtet.

„Ich weiß es nicht, ich habe keine Uhr", antwortete sie, ihre Wirkung auf ihn genießend.

„Eine Uhrmacherin, die keine Uhr hat“, spottete Ina. „Wenn das mal nicht geflunkert war.“

Karin lächelte hintergründig. „Weißt, du, wie lang das her ist? Ich glaube, da war ich noch Lehrmädel.“

„Aber sehr anstellig“, ätzte Ina. „Warst du auch erfolgreich?“

Karin dachte eine Weile nach. „Nein, der erzählte mir als nächstes, dass er auf seine Freundin warte, die sich verspätete. Ich bin gleich wieder gegangen, um ihm nichts zu vermasseln.“

„Wahrscheinlich war diese halbe Minute so und so das spannendste dran“, konstatierte Ina. Karin sah sie lange an und dachte darüber nach, wie schnell ihr Baby zur Frau herangereift war.

18. Schönheit und Erfolg

Frau K erwog einmal, ob man eher davon sprechen könne, dass Schönheit Erfolg bringe, oder umgekehrt. Sie fragte ihre Tochter I dazu. I sah sie verständnislos an.

„Würdest du mich schöner finden, wenn ich meine Hausübung schöner machte, oder würdest du dann meine Hausübung schöner finden?"

Das konnte Frau K einsehen. „Und umgekehrt?", fragte Frau K nach.

„Das habe ich schon versucht, es funktioniert nicht", konstatierte I.

„Was genau hast du da eigentlich versucht, Ina?",
fragte Karin.

Ina wurde ein bisschen rot. „Ich war damals vielleicht 7
oder 8 Jahre alt", antwortete sie ausweichend.

Karin wartete einfach ab. „Damit komme ich jetzt wohl
nicht durch", meinte Ina endlich. „Also gut: Es war bei einer Aufführung im Schultheater. Ich war ausgerechnet die
Prinzessin. Ich hatte bei der ersten Probe meinen Auftritt,
lief auf die Bühne, lächelte in meinem Kostüm und sagte
– nichts."

„Und?", fragte Hubert schließlich nach.

„Und – das meinte die Lehrerin auch. Und machte mir
klar, dass ich meinen Text genauso lernen musste wie
alle anderen. Da ich ihn bei der nächsten Probe auch
noch nicht konnte, musste ich mein Prinzessinnenkostüm
abgeben und einen Frosch spielen, der nur drei Sätze zu
sagen hatte."

„Aber wie stützt das jetzt Herrn Keuners These, dass erst
der Erfolg schön macht?", versuchte es Hubert noch einmal.

Ina setzte sich ein wenig zurecht, neigte ihren Kopf leicht
nach rechts und schenkte Hubert einen Augenaufschlag.
„Gar nicht. Es mag hinreichend sein, aber nicht notwen-
dig, was zu zeigen war", lächelte sie hintergründig.

 Erfolg

19. Der Zeitpunkt

Frau K stand versunken vor einem Bild mit Menschen, die auf einer scheinbar endlosen Treppe auf und ab gingen.

Ihr Freund P trat von hinten an sie heran. „Bist du endlich angekommen?", fragte er mit einem Lächeln auf den Lippen.

Frau K lehnte sich leicht zurück, vertraute ihr Gleichgewicht dem P an und sagte leise: „Jetzt gerade, ja."

„Ich finde es interessant, dass du Vertrauen gerade an deinem Gleichgewicht festmachst, Mama“, meinte Ina. „Vielleicht, weil du sonst so fest mit beiden Beinen auf dem Boden stehst?“

„Eine Möglichkeit, das zu lesen“, lächelte Karin. „Kannst du dir noch eine andere vorstellen?“

Ina sah von Karin zu Paul und wieder zurück „Ihr beide wirkt so im Gleichgewicht, aber kann das sein, dass auch das mit gegenseitigem Anvertrauen zu tun hat?“

„Kannst du dir Liebe vorstellen, ohne dein Gleichgewicht aufzugeben und in die Obhut der geliebten Person zu geben?“, fragte Karin nach.

„Drum fällt man dann auf die Nase, wenn sie plötzlich zu Ende geht und man keine Zeit mehr hat, sich wieder selbst zu stabilisieren?“ Ina war plötzlich weit weg, Bernhard war wohl doch noch nicht so ganz überwunden.

Karin musste sich zwingen, ihre Tochter nicht in die Arme zu nehmen. Sie wusste: Man konnte Liebe auch erdrücken, nicht nur umstoßen.

20. Ein Mangel

Als Frau K einmal mit Einem mitgegangen war, fragte der: „Verhüten Sie?"

„Was?", fragte die K.

Da der Eine keine Antwort darauf sagen konnte, schlüpfte sie eilig in ihre Schuhe und verschwand.

„Was genau hat er eigentlich falsch gemacht?", fragte Ina.

„Objektifizierung", murmelte Hubert.

„Geht's noch tiefer?", fragte Paul.

„Echt jetzt, würdest du in der Situation nicht aufstehen und gehen?", gab Karin gereizt zurück.

„Vielleicht schon, aber mein Bauch will meinem Kopf gerade nicht erklären, warum."

„Da bin ich aber froh, dass wenigstens dein Bauch zu klarem Denken fähig ist, mein Kind. Ich hätte mir sonst ernsthaft Sorgen gemacht."

Ina hob die Augenbraue. „Was übersehe ich gerade?"

„Überlege einmal, was er alles als Kontext voraussetzt, damit diese Frage Sinn ergibt."

„Ja klar, das ist extrem verkürzt, aber immerhin: Ich nehme mal an, du warst da schon in einem Alter, in dem du wusstest, wozu du ‚mitgegangen' bist. Das ‚per Sie' vielleicht?"

Karin kicherte. „Nein, das hätte ich reizvoll gefunden. Wozu wäre ein ‚du' nötig, wenn es bei einem Mal bleibt?"

„Hmm. Bliebe noch, dass er einfach voraussetzt, dass du für die Verhütung allein zuständig bist", meinte Ina. Doch dann stutzte sie. „Verdammt", meinte sie. „Das reicht einfach nicht. Das ‚was' ist doch hier das Entscheidende, nicht wahr?"

„Siehst du, so können wir ganz im Materiellen bleiben und brauchen den Überbau gar nicht zu bemühen."

„So wie wenn bei einer scheinbar kaputten Uhr nur die Batterie leer ist", stellte Ina fest und blätterte rasch weiter, während die Herren konsterniert in die Schachtel mit den Kaju Barfi griffen.

21. Die falsche Frage

„Wie gefallen dir die Geschichten, Oma?", fragte I einmal enthusiastisch und drückte Frau Ks Mutter ein Bündel sauber ausgedruckter Blätter in die Hand. Diese las sorgfältig.

„Die sind gut. Woher hast du sie?", fragte Ks Mutter.

„Ach, gefunden", antwortete I schnell und verließ das Zimmer.

„Was hat sie auf einmal?", wunderte sich die Großmutter. Sie las die Texte noch einmal, ob sie etwas übersehen hatte. Sie fand das I in der letzten Zeile.

„I", rief sie. Ihre Enkelin erschien, wenngleich ohne große Eile. „Ich un-frage meine Frage."

Is Augen leuchteten auf. „Und?"

„O ja, das kenne ich", meinte Hubert. „Das ist gut, wo hast du das abgeschrieben? Neuerdings auch ‚das ist sicher von einer KI'. Ich verstehe, dass du enttäuscht über die Frage warst, Ina."

„Hmm", machte Ina, während sie an einem Kaju Barfi herumkaute. „Aber vielleicht hatte ihre Voreingenommenheit auch einen entscheidenden Vorteil?"

„Welchen?", fragte Hubert nach.

„Nun, wenn sie übersah, dass die Geschichten von mir waren, dann musste sie sie nicht nur loben, weil sie von mir waren."

„Oder das war gerade ihr Trick bei der ganzen Sache?", schmunzelte jetzt Paul. „Vielleicht wollte sie dich nur glauben machen, sie habe deine Unterschrift übersehen, um dir den Eindruck zu vermitteln …"

„Paul!", mischte sich jetzt Karin ein. „Musst du eine junge aufstrebende Autorin jetzt auch noch desillusionieren?"

Paul kicherte. „Vielleicht hab ich das aber jetzt auch nur gesagt, um dich dazu zu bringen, der jungen Autorin den Rücken zu stärken."

„Ist irgendwas in dem Kaffee, Mama?", fragte da Ina. „Oma ist auch nicht einfach, aber von ihr habe ich dann wenigstens noch ein paar Hinweise bekommen, was ich noch besser machen kann." Sie schüttelte den Kopf, wartete keine Antwort ab und blätterte auf die nächste Seite.

22. Die Wahrheit

Als I frisch ans Gymnasium gekommen war, machte sich Frau K auf die Suche nach der Wahrheit. Eine Woche lang besuchte sie Lehrer, verfasste Gedächtnisprotokolle und verglich ihre Aussagen.

I trat ins Zimmer und sah die Unordnung. „Was machst du da?"

„Ich suche die Wahrheit", antwortete Frau K. I warf einen Blick auf die Zettel.

„P droht mit einem ‚Nicht Genügend', L bemängelt meine Form, U lobt mein Singen." I zuckte mit den Schultern. „Hilf mir lieber bei dieser Rechnung, da gibt es wenigstens eine richtige Lösung."

Frau K warf einen letzten Blick auf die Zettel, entsorgte sie in den Papierkorb und setzte sich neben I. „Eine richtige Lösung. Immerhin", murmelte sie, während I ihr schon ein Blatt und einen Stift zuschob.

„Ich habe dann später schon bemerkt, dass es mir da gerade ein bisschen zu gleichgültig war", meinte Ina ein wenig kleinlaut.

Karin schmunzelte: „Aber das Entscheidende war doch, dass du es selber bemerkt hast. Ich wollte dir nie vermitteln, dass es nur darauf ankommt, welche Zensuren du schreibst."

„Für eine kleine Erstklässlerin schaut das aber deutlich anders aus. Mit zwei ‚Nicht Genügend' hätte ich wiederholen müssen, das war schon sehr real. Vielleicht war es schon gut, dass du all die Zettel hattest und mich das wissen hast lassen."

„Aber ich habe sie ja ohnehin weggeworfen", gab Karin zu bedenken.

„Ja klar, sie hatten ihren Zweck ja schon erfüllt. Und das Beispiel hatte ich dann als einzige richtig gelöst, da war ich schon stolz auf dich, Mama."

„Stolz darauf mir gezeigt zu haben, wie ich dir wirklich helfen kann, meinst du hoffentlich."

Ina schüttelte lächelnd den Kopf. „Ich war damals elf, Mama. Wie hätte ich das sehen sollen?" Als keine Antwort mehr kam, fuhr sie fort. „Haben wir das? Nächstes. Da geht's schon wieder um die Schule."

 Über die Wahrheit

23. Der Ernst des Lebens

Als die Zeit der Pflichtschule zu Ende ging, fragte Frau K I, was sie werden wolle. „Zirkusreiterin", antwortete I. „Oder der traurige Clown."

Frau K lächelte milde, sie waren erst letzte Woche gemeinsam im Zirkus gewesen. „Möchtest du nicht lieber Buchhalterin werden? Oder Krankenschwester? Oder Professorin?"

I schaute sie trotzig an. „Warum fragst du mich, was ich werden will, wenn du doch schon weißt, was ich werden soll?"

Frau K erschrak. „Erzähl mir, wie du das mit der Zirkusreiterin hinkriegen willst", sagte sie eilig.

Is Gesicht wurde nachdenklich, dann amüsiert. „Zirkusreiterin. Echt jetzt?"

„Dass du die Geschichte aufgeschrieben hast, Mama", meinte Ina schmunzelnd. „Aber ich hab es dir damals wohl nicht leicht gemacht."

„Warum auch? Du warst 13 oder 14, da durftest du noch ein bisschen träumen."

„Und Mama ein bisschen ärgern, wenn sie es sich grade so schön selbst aufgelegt hatte."

„Du hast also meine Vorschläge gar nicht ernst genommen?"

Ina schaute sie mitleidig an. „Du kanntest mich damals schon eine Weile, die waren noch absurder als die Zirkusreiterin. Buchhalterin, ausgerechnet."

„Entschuldige, das ist mir in der Situation halt einfach so rausgerutscht."

„Ach, sei nicht so ernst, Mama", kicherte Ina. „Viel wichtiger war, dass du mir dann gezeigt hast, was man mit einem Skizzenblock und einer alten Nähmaschine alles anstellen kann."

„Ich glaub, das hat dann gepasst für dich. Es war schön, deine Entwicklung zur professionellen Textildesignerin mitzuverfolgen, und das junge Label hast du ja schon maßgeblich mitgeprägt."

„Und voltigieren durfte ich dann auch noch", erinnerte sich Ina. „Wie hast du Oma eigentlich dazu gebracht, mir das zu ermöglichen?"

„Ihr ein Bild von deiner Probestunde gezeigt. Ich glaube, sie hätte das selber gern gemacht."

24. Eine Folge des Verkehrs

Frau K kam gerade von einem Arzt, der ihr auseinandergesetzt hatte, ein Kind zu tragen.

Auch wenn sie nicht damit gerechnet hatte, konnte sie sich der Ansicht Herrn Keuners, dessen Betrachtungen sie bisweilen gerne las, nicht anschließen, dass Unbekanntes besser unbekannt bleibe.

Dieses Geheimnis würde wohl nicht lang unentdeckt bleiben, dachte sie.

„Wie konntest du da noch über Brecht nachdenken, wo sich dein Leben gerade auf den Kopf stellte?", fragte Hubert, der sich an seine eigenen Erfahrungen mit Kleinkindern erinnerte.

„Es war überraschend, ja. Aber auf den Kopf stellte?", antwortete Karin. „Ich habe es sofort annehmen können, dich zu bekommen, Ina."

„Da kanntest du mich aber noch gar nicht", lachte Ina. „Hattest du keine Sorge wegen der Umstände – keine Ehe, kein Vater, keine Sicherheit?"

„Was war unsicher?", entgegnete Karin. „Ich hatte ein Dach über dem Kopf, Arbeit, und die Annehmlichkeiten der damit verbundenen staatlichen Fürsorge."

Ina schwieg kurz, dann: „Aber ist es nicht mit einem Vater einfacher?"

„Mit einem Vater vielleicht", meinte Karin.

„Vater?", fragte Ina nach. „Im Gegensatz zu Erzeuger?"

„Ja, Vater. Ich dachte, das hätten wir schon geklärt."

Ina nickte und blätterte weiter. „Ah, da geht die Geschichte gleich weiter."

 Herr Keuner und der Arzt

25. Späte Versicherung

Frau K, nur mehr Wochen vor der Entbindung, saß bei ihrer Mutter in der Küche. „Ich hoffe, du hast dir überlegt, was das für dich bedeutet, dass du nicht einmal den Vater nennen kannst?", äußerte die Mutter sorgenvoll.

„Und wenn ich es mir nicht überlegt habe?", erwiderte Frau K nachdenklich. Als ihre Mutter lächelte und ihre Hand nahm, war die Frage verschwunden.

„Da siehst du, Oma machte sich auch Sorgen", konstatierte Ina.

Karin sah sie nachdenklich an. „Siehst du, aber sie war die einzige, von der ich das annehmen konnte. Ahnst du, warum das so war?"

Ina dachte eine Weile nach, dann hellte sich ihre Miene auf. „Ja klar, die unverbrüchliche Liebe braucht ein Ventil – vor allem, wenn es keinen Partner gibt, der dabei hilft." Sie schwieg eine Weile: „Aber es ist schwer, das zuzulassen, wenn man noch rebelliert, um sich selbst zu finden. Ob ich das immer gut hingekriegt habe?"

„Zumindest bist du nicht ernsthaft Zirkusreiterin geworden. Mama nimmt, was sie kriegt." Der liebevolle Blick, den Ina ihr zuwarf, trieb Karin ein paar verstohlene Tränen in die Augen. Paul legte seine Hand sanft auf die ihre, bis sie sich wieder gefangen hatte.

26. Keine Frage

Als P einmal unerwartet nach Hause kam, war K nicht allein. Er verließ die gemeinsame Wohnung umgehend,
nicht ohne eine Notiz mit einem „lohnend?" hinterlassen
zu haben.

Am nächsten Tag kehrte er wieder, Frau K war allein.
„Ja", sagte sie. Er nickte, froh, dass sie geantwortet und
nichts gefragt hatte.

Ina schaute Paul eine Weile an, unsicher, ob sie ihn fragen sollte. Doch dann wagte sie es doch: „Wie fühlt sich das eigentlich genau in einem solchen Augenblick an, Paul? Kann man da wirklich ruhig und besonnen bleiben?"

Paul fühlte plötzlich auch Karins Blick auf sich ruhen. Er erwog eine Weile, nicht zu antworten, spürte aber dann, dass die Offenheit der beiden Frauen keine Einbahnstraße sein durfte.

„Natürlich gab es mir einen Stich, so gefühlskalt bin ich auch als Pilot nicht. Einen Menschen liebt man ganz, oder gar nicht. Aber es hat mich beruhigt, zu sehen, dass es dir gerade sehr gut ging. Es war dann eine gute Entscheidung, zu gehen, dich aber wissen zu lassen, dass ich da gewesen war."

„Warum war es dir wichtig, dass ich das wusste?", fragte Karin nach. „Und wie meintest du das mit dem ‚nicht fragen'?"

„Dass es richtig war, wusste ich natürlich erst nach unserer nächsten Begegnung. Hättest du gefragt, wo ich war oder warum ich früher zurückgekommen bin, hätte ich mich fragen müssen, ob wir uns wirklich die Freiheit geben, die wir einander versprochen haben."

„Nur in Freiheit kann die Freiheit Freiheit sein", sinnierte Ina. Es dauerte einen Augenblick, bis sie auf ihrem Musikdienst das Lied gefunden hatte und die Stimme Georg Danzers den Raum füllte.

27. Der Mangel an Schuld

Frau K saß einmal in einer Kirche, als sie I erwartete, in ein Bild der Maria mit dem Kinde vertieft. Ein Pfarrer näherte sich ihr leise: „Wollen Sie vielleicht Ihr Gewissen erleichtern?", fragte er, ihrer Umstände gewahr.

Frau K reagierte irritiert. „Sonst gern, aber ich habe meine Schuld gerade nicht dabei", gab sie zurück, stand auf und verließ die Kirche mit leisem Bedauern um den Augenblick ungestörter Meditation.

Ina hing eine Weile ihren eigenen Gedanken nach, Karins Blick war verträumt auf sie gerichtet.

„Mich berührt das Bild, das du hier ausgesucht hast, Mama", sagte sie.

„Auch wenn ich nicht glaube, so waren Jesus und Maria doch reale Personen. Maria war die Mutter eines aufgeweckten Jungen, der mit Anfang dreißig eine revolutionäre Bewegung anführte und sich gegen sämtliche Obrigkeiten stellte. Ich glaube nicht, dass er das ohne ihre Mutterliebe geschafft hätte."

„Ziemlich das Gegenteil von Schuld, was?", fragte Ina nach.

Karin schüttelte fast unwillig den Kopf: „Worin die Schuld bestehen sollte, Leben zu geben, das will in den Kopf einer einfachen Uhrmachermeisterin nicht hinein. Vor allem im Angesicht der Tatsache, dass man mit dem Gegenteil nach der selben Lehre auch Schuld auf sich lädt."

„Stattdessen Sport treiben, meinte der letzte Katechet, dem ich noch zuhören musste", schmunzelte Ina.

„Lassen wir das Thema fallen, bevor unser Buch noch auf den Index kommt", warf Hubert ein.

„Es ist ohnehin alles gesagt", nickte Ina und blätterte eine Seite weiter.

28. Über die Unmöglichkeit von Abneigungen

Es wird schwierig sein, nicht für das Beenden einer Arbeit zu sein, nicht für das Beginnen eines neuen Lebensabschnittes, dachte Frau K. als I nach dem ersten Stillen endlich eingeschlafen und die Hebamme gegangen war. Herr Keuner mochte diese Erfahrung allerdings nicht gemacht haben, überlegte sie, als sie noch nach ihrem Buch griff, ein paar Zeilen zu lesen.

„Du hast schon seltsame Zeitpunkte, über solche Fragen nachzudenken, Mama", meinte Ina nachdenklich.

„Ich mag, wenn Philosophie sich auf das Leben bezieht, nicht auf Abstraktionen und Möglichkeiten", meinte Karin. „Wenn Paul fliegt, dann ist er nicht bei mir, wenn Hubert schreibt, dann kann er nicht fernsehen, wenn du Hunger hattest, konnte ich nicht Uhren reparieren. Da hilft kein dagegen Sein, kein Reflektieren über Befindlichkeit."

„Ist die Wirklichkeit also das Ende der Philosophie?", fragte Ina nach.

„Hoffentlich nicht, sie sollte ihr Ausgangspunkt sein", antwortete Karin. „Ich mag, wenn ihre Erkenntnisse einen Unterschied im Alltag machen und nicht nur das Ego von Schriftstellern in dicke Bücher gerinnen lassen."

„Äh – emm", räusperte sich Hubert vernehmlich.

Ina musste lachen: „Findest du dies Büchlein dick?", fragte sie Karin.

„Huberts Ego füllt einen Nachmittag", meinte die nur. „Nicht die schlechteste Wahl."

Wogegen Herr Keuner war

29. Vernunft

Frau K fragte einmal ihre Tochter I, ob sie ihrem Freund B im Traum vernünftig erscheinen wolle. „Du liest zu viel vom Herrn Keuner", sagte I. „Kann Liebe jemals vernünftig sein?"

„Erscheinen", wandte Frau K. verunsichert ein. I lächelte: „Warum sollte ich? Seine Liebe ist doch genauso unvernünftig." Sie stand auf: „Außer, es wäre der junge Keuner", fügte sie hinzu und verließ leichtfüßig das Zimmer.

„Jemand erzählte vom jungen Keuner, er habe ihn einem Mädchen, das ihm sehr gefiel, eines Morgens sagen hören: ‚Ich habe heute Nacht von Ihnen geträumt. Sie waren sehr vernünftig‘", las Ina aus ihrer Brecht-Ausgabe vor. „Meinungen dazu?"

„Was denkst du?", fragte Paul nach einer Weile.

Ina zuckte mit den Schultern. „Herrn Keuner können wir leider nicht fragen."

Hubert lächelte. „Vielleicht wollte er einfach nur etwas Unvernünftiges sagen, um sie zum Lachen zu bringen?"

Ina erwiderte sein Lächeln offen: „Und wer versucht gerade, sich das von ihm abzuschauen?"

 Vom jungen Keuner

30. Über die Zeit

Einmal las Frau K der zwölfjährigen I vor: „Die Zeit ist eine Linie, die wir nicht durchbrechen können. Die Gegenwart ist die Schnittstelle zwischen Vergangenheit und Zukunft, und sie …"

I verlor das Interesse. „Kaufst du mir ein Eis?", fragte sie. „Da können wir das gleich ausprobieren."

„Interessant, dass unser Luca so etwas Flüchtiges wie Eis immer gleich gut macht, seit ich mich erinnern kann“, meinte Ina.

„Es existiert immer nur an der Schnittlinie zwischen Vergangenheit und Zukunft“, wandte Hubert ein. „Du bemerkst die Veränderung nicht, weil du dich mit ihm auf dieser Schnittlinie bewegst.“

„Schnittlinie? Manchmal ist die auch ein halbes Jahr breit, wenn er im Winter zusperrt und zu seiner Frau nach Italien geht.“

„Manchmal war sie auch ein wenig krumm, wenn du Oma vorgeflunkert hast, dass du bei mir nie Eis bekommst“, erinnerte sich Karin ein wenig wehmütig.

„Das hat aber funktioniert, weil Oma das Krumme nicht bemerken wollte“, kicherte Ina.

„Oder ihre Brille nicht aufgesetzt hat.“

„Kann nicht sein, da hätte sie das Wechselgeld nicht gesehen. Wahrscheinlich wollte sie selber auch ein Eis und hat daher die krumme Linie gerade sein lassen.“

„Oder wegen der Raum-Zeit-Krümmung“, bemerkte Paul und gähnte ausgiebig.

„Das heißt dann eher Jetlag“, meinte daraufhin Karin trocken.

Epilog – wider den Überfluss

Auf die Frage Huberts, ob das jetzt genug Geschichten seien oder man noch mehr schreiben müsse, antwortete Karin: „Wozu? Man hat jeden Tag Gelegenheit, eine zu lesen oder selber eine zu erleben."

„Da hat Mama einen Punkt", kicherte Ina. „Eine Runde Kaju Barfi ist noch da, dann haben wir die auch durch."

Hubert blickte auf seine Uhr. „Und die Zeit krümmt den Raum schon deutlich in Richtung unseres Theaterabends", meinte er in Inas Richtung.

„Ach richtig, der Kaukasische Kreidekreis. Der Regisseur schwört, sich an Brechts Regieanweisungen gehalten zu haben. Wir werden es sehen, gib mir noch zehn Minuten", antwortete Ina, huschte rasch aus dem Raum und kam eine Viertelstunde später ausgehfertig in einem schicken Ensemble zurück.

„Wow, selbst entworfen?", fragte Karin.

„Und selbst genäht", antwortete Ina. „Der Entwurf hat es leider nicht in die Kollektion geschafft, aber ich mag ihn trotzdem."

Karin sah ihrer Tochter mit ein wenig Stolz nach, wie sie in einer leicht übertriebenen Geste Huberts Arm nahm und mit ihm ihre Wohnung verließ. Sie kam aber nicht mehr dazu, weiter darüber nachzudenken, da sie Pauls Hände auf ihren Schultern spürte.

„Heute noch etwas Lohnendes vor?", fragte er, und sie mochte die Sicherheit, die in seiner Stimme lag.

„Ja sicher, wenn der Jetlag nicht dazwischenkommt", antwortete sie, während sie sich zurücklehnte, ihre Hände auf die seinen legte und das leichte Kribbeln genoss, das ihr Körper ihr bereits schenkte.

Von Hubert Anders bisher erschienen

Die Leiche im Keller. Ein DDR Krimi
BoD 2024, ISBN 9783769302967

Die siebte Vestalin
BoD 2020, ISBN 9783751944557

2028: Liebe, Macht und Bürgergeld
BoD 2017, ISBN 9783744887403

2029: Sissi und die Dritte Republik
BoD 2019, ISBN: 9783734751950

*Wer die Wahrheit nicht weiß, der ist bloß ein Dummkopf.
Aber wer sie weiß und sie eine Lüge nennt, der ist ein
Verbrecher!*

Bertolt Brecht